Pocket-Stories to go

G. Sigmund

Anmerkung:

Es gibt drei Geschichten zu Gemälden des amerikanischen Malers Edward Hopper. Das sind sehr eigene Interpretationen von mir, die mit dem Urheber Edward Hopper nichts zu tun haben. Die Bilder dürfen aus Lizenzgründen nicht veröffentlicht werden.

Pocket-Stories to go

Kurzgeschichten

von

G. Sigmund

Bibliografische Information der Deutschen Nationalbibliothek:
Die Deutsche Nationalbibliothek verzeichnet diese Publikation in
der Deutschen Nationalbibliografie; detaillierte bibliografische
Daten sind im Internet über http://dnb.dnb.de abrufbar.

ISBN: 9783751934138

1. Auflage Mai 2020

www.sigmund-der-schreibt.de

Vorwort

Die Texte entstanden schon vor einigen Jahren und hatten zum Teil ihren Ursprung in verschiedenen Kursen zum kreativen Schreiben. Es sind alles fiktive Erzählungen. Nach der Erstellung blieben sie jedoch in der Schublade und gerieten in Vergessenheit, bis gute Freunde einen Bedarf an Kurzgeschichten für ein Marketing-Projekt anmeldeten. Da hat diese kleine Textsammlung ihre Wiederentdeckung erlebt und so kam der Entschluss zur Veröffentlichung.

Beste Unterhaltung beim Lesen wünscht

G. Sigmund

Zauberhafter Duft

Tief unten in dem dunklen, feuchten Keller war das Reich des kleinen, buckligen Männchens. Dort, zwischen den hölzernen Regalen mixte er mit seinen übergroßen Händen die zaubervollsten Düfte, liebliche Kreationen für die edlen Damen, in der fernen Welt dort oben. Kaum Jemand bekam den Künstler zu Gesicht. Nur bei den seltenen Gelegenheiten bei denen er seinen kleinen Laden in dem dreckigen, stinkenden und lärmenden London des Endenden neunzehnten Jahrhunderts öffnete. Dann gaben sich die reichsten und schönsten Damen der edlen Gesellschaft die Klinke in die Hand. Das Parfümhandwerk war eine Gabe, die sich über Jahrhunderte in seiner Familie fortgesetzt hatte. Man konnte sich kaum vorstellen, dass in dieser schauerlichen Umgebung des dunkel-feuchten Kellers solch eindrucksvolle Werke entstehen konnten. Conrad wurde der Zwerg mit der riesigen Nase genannt, der in einem orientalischen Gehrock gekleidet sein kleines Reich durchwatschelte um den Geist für neue Gedanken und

Ideen zu öffnen. Für ihn war dies der beste Platz. Nichts konnte ihn stören. Er war alleine mit dem Extrakt, den sein feiner Riechsinn gerade analysierte und zerlegte, den sein Gehirn aufsog und der ihn weg trug in ferne Welten, über die er nur aus Zeitungsberichten und Erzählungen erfuhr. Dunkles Tannengrün entführten ihn in die tiefen Wälder Kanadas, Leder brachte ihm die rauen Steppen Paraguays in den Keller, lieblicher Lavendel den Charme Südfrankreichs. Für ihn war jeder Duft ein individuelles Erlebnis, den es aufzusaugen und zu erforschen galt. Seine feine Kundschaft, die edlen Damen, wünschten sich indes nur den einen ultimativen Duft: fein, lieblich und anziehend, betörend in seiner Wirkung. Aphrodisierend sollte er sein.

Auf der Suche nach neuen Kreationen hatte Conrad einen Gehilfen: Ismael. Ismael, der Weltenbummler, schaffte es immer wieder ihn mit neuen, exotischen Substanzen zu verblüffen. Conrad wusste nicht wie er an diese edlen Stoffe und Substanzen gelangte, doch das konnte ihm am Ende egal sein. Das Ergebnis zählte. Ismael war sein Schlüssel in die Welt, er war Inspiration und Quelle seiner Kreativität. Erst vor kurzem, es war eine stürmische Nacht in der Stadt an der Themse, da zog Ismael ein gut geschütztes Päckchen aus seinem Koffer hervor. In Erde gebettet stand sie auf dem schweren Arbeitstisch vor ihnen. Etwas Schöneres hatten die Beiden noch nie gesehen. Die Pflanze war ihnen fremd, kein Lexikon gab einen Hinweis auf dieses wunderschöne Wesen. Selbst Ismael, der viel belesene und weit gereiste, wusste nichts über ihre Herkunft. Er hatte sie auf einem orientalischen Markt von einem alten Druiden erstanden. Die Blume verbarg ein Geheimnis, das war alles was er dazu berichten konnte. Sie war so schön. Am oberen Ende des langen, eleganten Stiels befand sich die Blüte aus rosafarbenen Blättern – fein geschwungen, einem Venushügel gleich. Conrad berührte die zarte, schamlippenförmige Blütenöffnung mit seinem Finger, die ihn sogleich umschloss. Ihm war als ob der Blütenstempel begann an ihm zu saugen. Ein wohliges Gefühl breitete sich über den Finger in seinen Körper aus. Conrad wusste sofort, dass diese Blume etwas

Besonderes verbarg. Das Bukett das sie versprühte war einmalig, geradezu perfekt. Es war so vollendet, dass es ohne weitere Zusätze und Mixturen als Odeur für die feinen Damen verwendet werden konnte. Der Duft der Blüte war so intensiv, dass Conrad nicht viel Aufwand haben würde um ihre Essenz zu extrahieren. Dennoch würde er dem wunderschönen Wesen Schmerzen zufügen müssen. Er würde es zerschneiden, in Wasser auflösen, zerdrücken, zerstampfen und zerpressen müssen. Bis er jedoch an ihr Innerstes, die reine Duftessenz gelangte, sollte es noch verbrannt und destilliert werden. Conrad würde die Schönheit grausam ermorden müssen.

In der Hektik des beginnenden zwanzigsten Jahrhunderts, zwischen all den Pferdekutschen und Eselkarren, strahlte das nostalgische Flair seines Ladens Ruhe aus. Die einfallenden Sonnenstrahlen versetzten den Ort in ein pastellfarbenes Licht. Wohltuende Wärme breitete sich aus. Schwebende Staubkörnchen zwischen den Gefäßen, Fläschchen und Flakons funkelten wie Feenstaub in dem Raum. Die Damen liebten diese märchenhafte Atmosphäre. Conrad, der Gnom, musste auf einen extra angefertigten Hocker hinter dem Tresen steigen um seine edle Kundschaft zu bedienen. Heute empfing er nur eine Kundin. Die Frau des Bürgermeisters, Lady Kimberly, war immer noch eine attraktive Frau, wenngleich die Schönheit ihrer Jugend schon verblasste. Sie suchte für den Ballabend am kommenden Wochenende etwas besonderes, einen berauschenden Duft. Ihr wollte Conrad seine neueste Kreation anbieten.

Es war ein rauschendes Fest in einer außergewöhnlich schwül-warmen Sommernacht. Lady Kimberly war wie verzaubert, ihr Plan schien aufzugehen. Das Parfüm zeigte bei der Gattin des Bürgermeisters seine gewünschte Wirkung. Der Schönling mit dem sie unauffällig in die Nacht verschwand war etwa 30 Jahre jünger als sie. Es war eine wundervolle Liebesnacht mit einem Unbekannten, weiche Berührungen und zarte Liebkosungen. Am nächsten Morgen erwachte Lady Kimberly im Bett eines schäbigen Hotels. Eine Unterkunft für die man bezahlte aber dafür keine Fragen gestellt bekam. Sie war allein. Glücklich und mit einem ungewohnt wohltuenden Völlegefühl reckte sie sich dem sonnigen Morgen entgegen. Da streifte ihr müder Blick die am Boden liegenden Kleider. Ihr markerschütternder Schrei zerriss die sonntägliche Stille. Grauen, Entsetzen und Angst zeichneten sich in Lady Kimberlys Gesicht ab. Blut! Überall! Auf den Kleidern, an der Wand und auf ihrem Körper - an Armen, Beinen und im Gesicht.

Etwa zur gleichen Zeit traf Graham Cunningham an dem Tatort, in den engen, stinkenden Gassen des Hafenviertels ein. Cunningham wurde nur in besonderen Fällen von den Ermittlern des Scotland Yards hinzugezogen. Der erfahrene Arzt, hatte noch nie eine solch grausam verstümmelte Leiche gesehen. Horden von Fliegen hatten sich bereits in das Fleisch der offenen Wunden eingenistet. Es roch streng. Selbst er, der diesen scharfen, stechenden Verwesungsgeruch gewöhnt war, musste einen

Würgereiz unterdrücken. Cunningham hielt sich ein parfümiertes Tuch vor die Nase bevor er den nackten toten Körper untersuchen konnte. Das Blut aus dem offenen, zerfetzten Hals hatte den Boden unter dem Opfer dunkelrot gefärbt. Der Bauch war aufgerissen, die Innereien zerfleischt, Arme und Beine waren angenagt. Als ob ein wildes Tier den jungen Mann ausgeweidet hätte. Dieser Fall würde nicht leicht werden. Es war jedoch die unzweifelhafte Erkenntnis die den abgebrühten Cunningham erschaudern ließ. Die Spuren stammten nicht von einem Tier, hier hatte ein Mensch geaast!

Der erschütterte Arzt hatte die Untersuchung an dem jungen Opfer abgeschlossen. Er hatte jedoch nicht bemerkte wie neben ihm, zwischen dem blutgetränkten Pflastersteinen, ein kleiner Pflanzenspross dem Sonnenlicht entgegen strebte.

Jack

Jack war nicht sein richtiger Name, eigentlich hieß er Friedhelm. Aber das passte nicht zu ihm, nicht zu seiner Persönlichkeit. Also nannte er sich Jack, nach ´Jack the Ripper´ der Frauenmörder, der im London des 19ten Jahrhunderts sein Unwesen trieb. Er gefiel sich in der Rolle. Für seinen Psychiater war die Bewusstseinsstörung des sonst so unauffälligen und freundlichen jungen Mannes keine ernsthafte Bedrohung. Im Dorf hielten ihn die Leute für einen harmlosen Spinner. Sein niedlicher kleiner Hund, ein schwarzer Pudel, begleitete ihn auf seinen langen Spaziergängen in der Umgebung. Natürlich bekam der Hund nur Trockenfutter zu essen. Aber Jack spielte gerne mit dem Gedanken sein Hund würde Menschenfleisch verzehren. Es machte ihn irgendwie einzigartige, zu etwas besonderem, und es gab ihm das Gefühl der Unantastbarkeit. Das fand er gut so, denn er mochte die anderen Menschen nicht. Sie wirkten bedrohlich auf ihn. Jack wollte lieber allein sein, mit seinem Pudel.

Nur neulich, da lief seine Krankheit aus dem Ruder. Da nahmen die Visionen von ihm Besitz. Jack konnte sich nicht dagegen wehren. Da war plötzlich diese Frau an der Tür. Er wusste nicht mehr was sie wollte, waren es Eier, Mehl oder Milch. Er hatte keine Erinnerungen mehr an das was dann geschah. Als er wieder klar denken konnte stand er in der Küche und die Frau lag reglos, in einer riesigen dunkelroten Pfütze vor ihm. Er hielt noch die blut-tropfende Axt in seiner Hand. In der darauf folgenden Nacht hatte Jack seine Nachbarin auf dem nahe gelegenen Friedhof unbemerkt entsorgt. Niemand würde bemerken, dass in dem frischen Grab eine Leiche zu viel drin lag. Jack war zufrieden mit sich. Keiner glaubte ihm und seinen Geschichten, selbst der Psychiater nicht, den die Krankenkasse zahlte.

Gasstation

frei nach Edward Hopper

Phileas Forkhead hatte gerade die Lichter an der einsamen Tankstelle eingeschaltet. Die gleiche Zeremonie wie jeden Abend. Penibel polierte er noch die roten Zapfsäulen mit dem Pegasus-Pferd-Emblem, das anmutige Markenzeichen seines kleinen Unternehmens. Phileas war ein sehr korrekter Mensch. Das musste so sein, wollte er doch seinen Kunden den kurzen Aufenthalt bei dem Zwischenstopp auf dem langen Weg nach Philadelphia so angenehm wie möglich machen. Die Sonne war gerade hinter dem dunklen Waldrand verschwunden und hatte einen heißen Sommertag verabschiedet. Das trockene Gras leuchtete Feuerrot, bald würde die Nacht alles übernommen haben. Nur noch selten hielten Autos. Der neu gebaute Highway sog die Kundschaft ab. Phileas war aber überzeugt davon, dass sie wieder kommen würden. Qualität, Sauberkeit und Ordnung hatten sich seit jeher durchgesetzt. Er musste nur lange genug warten. Gleich würde er zurück in das kleine, hell beleuchtete Häuschen gehen und seinen Tee für die Nacht aufbrühen - und warten. Wie lange er noch warten musste konnte ihm niemand sagen, seit Martha von ihm ging. Den Anderen sagte er sie hätte ihn verlassen. Man glaubte ihm. Phileas musste es tun. Die Tankstelle warf einfach nicht mehr genug ab für Zwei. Ihre Leiche hatte er hinter dem Häuschen vergraben, ganz nah bei ihm.

Nighthawks
frei nach Edward Hopper

Die Bars von New York hatten schon längst geschlossen, nur in Phillies Diner trafen sich die restlichen Nachtschwärmer. Leyla und Ron schwiegen vor sich hin, sie hatten sich schon den ganzen Abend nichts zu sagen. Der Barmann servierte Coffee. Zu viele Martinis und zu viele Zigaretten hatten die Stimmung zwischen ihnen ausgetrocknet. Fahl, wie ihre müden Gedanken, schien das Neonlicht durch die breite Glasfront auf die dunkle, leere Gasse. Der Unbekannte zu Rons Rechten schien nicht von hier zu sein, obwohl er den ähnlich dunkelgrauen Anzug trug und den breitkrempigen Hut, den alle Männer besaßen. Er musste ein Fremder sein, wer sonst hätte sich zu dieser fortgeschrittenen Uhrzeit in dieses schäbig einfache Lokal verirrt. Nur Leyla war wieder mal wunderschön. Ihr rotes Kleid, passend zur Haarfarbe, hatte sie erst heute morgen gekauft, Ron zuliebe. Sie spielte gedankenverloren mit der Streichholzschachtel während Ron beim Barmann noch einen Coffee bestellte. Der Fremde, am Eck des langen Holztresens, beobachtete gelangweilt den Barmann wie er sich gerade nach dem Geschirr bückte. „Was ihn wohl in diese Stadt führte?", fragte sich Ron, ohne den Blick zu wenden. „Vielleicht war er ein Handlungsreisender mit einer netten kleinen Familie – zwei Kinder, eine liebevolle Frau und nen Hund." Das Geschirr klapperte. „Ob man ihn schon suchte? Mittlerweile muss das Blut getrocknet sein!" Rons Familie lebte nicht mehr. „Es war doch Leylas Wunsch", dann nahm er einen tiefen Zug aus seiner Zigarette.

People in the Sun
frei nach Edward Hopper

Eugen genoss die wärmenden Sonnenstrahlen, die von den Bergen am Horizont auf die Terrasse des Kurhotels schienen. Direkt vor seine Augen erstreckten sich endlose Felder, die kurz vor der Ernte standen. Der goldgelbe Schein des Weizens verstärkte die wohltuende Atmosphäre. Der Kuraufenthalt war etwas besonderes, den nur verdiente Mitarbeiter erhielten. Selbst beim Sonnenbad, in den Holzstühlen sitzend, zog man sich daher fein an. Er trug seinen hellgrauen Leinenanzug mit hellbraunen Slippern und weißen Socken. Die dunkle Krawatte war ordentlich unter dem frisch gestärkten Hemd gebunden. Er musste nur vorsichtig sein, dass er keinen Sonnenbrand auf dem Kopf bekam. Sein Haupthaar hatte sich schon vor Jahren von ihm getrennt. Nur ein dunkles Haarband um seinen Nacken blieb zurück. Eugen lächelte, er war froh ein paar Tage ausspannen zu dürfen.

Weg von dem anstrengenden Alltag. Er liebte seine Arbeit, umso mehr freute er sich, dass er von seinem Vorgesetzten diesen Erholungsurlaub zugewiesen bekam. Für Fleiß und gute Arbeit. Neben ihm, in der ersten Reihe, saß Fräulein Herta aus Berlin. Eine sehr elegante junge Frau, etwa in seinem Alter. Sie war vom Zentralamt und trug einen breitkrempigen Strohhut mit orangem Seidenschal zu einem schlichten dunklen Kleid. Sehr elegant, und mit Manieren. Sie verbrachten die Tage zusammen beim Tennisspiel und mit ausgiebigen Spaziergängen. Die unbelastete Zeit in dieser herrlichen Landschaft tat allen gut. Weiter außen saß der Major, alter Adel aus Ostpreußen. Sein Haar und der volle Schnurrbart leuchteten Rot. Er war nur wenig älter als die Anderen und trug ebenfalls zivil. Neben ihm war die blonde Eva, ein junges Ding. Niemand konnte sich erklären warum sie diesen Vorzug genießen durfte. Sie war einfach nur da. In der zweiten Reihe, direkt hinter ihm hatte Albert Platz genommen. Ein eher ungewöhnlicher Mensch, trug Schal statt Krawatte, braunes Sakko zu grauer Hose. Redete kaum, meistens steckte er seine

Nase in irgendwelche Bücher, wie jetzt eben. Ein Intellektueller. Der wollte sicherlich noch groß Karriere machen. Eugen brauchte keine Bücher, er wusste ganz genau was er wollte. In ein paar Jahren würde die Arbeit erledigt sein und die Lager werden geschlossen. Der Krieg wird zu ende sein. Dann würde er heiraten und Kinder zeugen. Vielleicht würde er die schwarze Uniform an den Nagel hängen. Das konnte er heute noch nicht sagen. Aber bis dahin musste noch viel Arbeit erledigt werden. Er machte sich keine Gedanken über die Aufgabe, die man ihm zugeteilt hatte. Die da oben würden schon wissen was zu tun war. Er hatte nur zu gehorchen. Eugen genoss den letzten Tag der Ruhe. Morgen würden sie wieder an ihre Standorte zurück reisen: nach Berlin, Dachau, Sobibor und Auschwitz. Dann würde er, wie gewohnt, die Ware Aussortieren. Die Arbeitsfähigen nach links, die anderen nach rechts, zu den Gaskammern. Die ganz Schwachen, die kaum noch laufen konnten, musste er sofort erschießen. Das verstand sich ja von selbst.

Weihnachtsmärchen

Es war schon spät in der Nacht als er die Tiere abspannte und sie mit Stroh und Futter versorgte. In der Garage neben dem Stall hatte er den Schlitten geparkt. So schnell würde er ihn nicht mehr benötigen. „Endlich Feierabend!", freute sich Claus und trat von der eisigen Winternacht in die warme Stube. Das Feuer im Kamin glimmte noch. Mit einer elegant geübten Bewegung schleuderte er den dicken, roten Mantel auf die Garderobe. Natürlich hatte er das Ziel verfehlt und der Mantel landete auf dem Boden, wo er für heute seine Ruhe fand. Der Schweiß zwischen seiner Haut und dem weißen Feinripp-Unterhemd verwandelte sich sofort zu einem Jucken, das sich vom Rücken durch den dichten weißen Vollbart bis hinauf in das lockig wallende Kopfhaar ausbreitete. Gähnend und kratzend schlürfte Claus zum Kühlschrank. Mit einem ´Plopp` sprang die Bügelflasche auf und er stürzte die erste Flasche Bier in einem Zug hinunter. Ein lang gezogenes, genüssliches „Aahhh!", gefolgt von einem donnernden Rülpser signalisierte den zufriedenen Abschluss des ersehnten Erfrischungsvorgangs. Dann nahm er eine zweite Flasche und begab sich zu dem riesigen Sessel vor dem Kamin. Müde ließ er sich darin niedersinken. Erst jetzt streifte Claus die schweren schwarzen Stiefel ab und legte die Füße in den dampfenden und löchrigen Wollsocken auf das kleine Tischchen vor sich. Zufrieden dachte er beim Öffnen der zweiten Flasche an die vielen glücklichen Kinder, die er heute beschert hatte. Claus hatte ja keine Ahnung welche Spur des Schreckens er in Europa in dieser kalten, sternenklaren Nacht hinterlassen hatte.

Der kleine Adolf zum Beispiel, in Österreich, erlitt schwerste Kopfverletzungen. Was musste der Bub auch gerade in diesem Moment durch den Kamin suchend nach oben blicken, als Claus das Paket hinunter warf. Selber schuld.

In Italien hatte der junge Benito Pech mit den Rentieren. Es geschah genau in dem Moment, als er sich anschlich. Der große

Mann hatte sich mit einem Sack voller Geschenke von seinem Fahrzeug entfernt. Eine gute Chance sich an den restlichen Päckchen zu bedienen, dachte sich der Bengel und kam dabei den schlauen Tieren, die vor dem Schlitten gespannt waren, zu nahe. Ein beherzter Tritt rammte dem Knaben einen Huf in den Unterleib. Benito wurde ohnmächtig vor Schmerzen. Außer Probleme beim Wasserlassen und später beim Nachwuchszeugen blieben jedoch keine dauerhaften Schäden.

Claus selbst hatte hingegen großes Glück als er im kalten russischen Osten seiner Arbeit nachging. Der pubertierende Josef hielt ihn für einen Einbrecher, der die lebenswichtigen, wärmenden Stiefel, die man in dem eisigen Land dringend benötigte, stehlen wollte. Bis er die Jagdflinte seines Vaters schussbereit hatte war der große, auffällig gekleidete Mann mit dem dichten Bart jedoch verschwunden. Josefs Jagdinstinkt war nun geweckt und er folgte den unbekannten Spuren im Schnee. Da, in der Ferne war er, der Dieb! Der junge Stalin legte an, zielte, Schuss und Treffer. Genau zwischen die Schulterblätter des fliehenden Unbekannten. Tot! Der vom Blut rot gefärbte Schnee hinterließ einen bleibenden Eindruck bei dem ungestümen, jugendlichen Schützen. Ebenso die Tracht Prügel, die er von seinem Vater bezog, als sich herausstellte, dass der Erlegte sein eigener Cousin war.

Dann war da noch Winstons Vater der dem schnellen Rentierschlitten hinterher sah, als dieser auf dem Rückflug in den Polarnorden seine Bahn in den Nachthimmel zog. Winston bekam von dem Autounfall nichts mit, er schlief auf der Rückbank. Sein Vater hatte in jenem fatalen Moment eine der unendlichen Kurven der engen Landstraße übersehen. Das Auto rumpelte über einen schmalen Ackerstreifen, der jäh in einen steilen Hang überging. Bremsversuche waren zwecklos und so kam das Auto erst in dem eiskalten Flüsschen, vorn über gekippt, zum stehen. Winstons Eltern hatten das Bewusstsein verloren, sie lagen eingekeilt auf den Vordersitzen des Wagens, der sich schnell mit dem eindringenden Eiswasser füllte. Winston musste mit ansehen wie seine geliebten Eltern den grausamen Erfrierungstod starben. Er selbst konnte sich unverletzt befreien.

Dass die Kleinen unversehrt blieben muss wohl göttliche Fügung gewesen sein. Man durfte gespannt sein was aus den süßen kleinen Rackern wohl werden würde, nachdem sie solche schreckliche Erfahrungen am Weihnachtsabend machen mussten.

Epilog: Claus war auf dem Sessel eingeschlafen, als ihn am nächsten Morgen unsanft das Telefon weckte. Es war die Agentur. Sie wolle zukünftig auf seine Dienste verzichten. Zu viele Unfälle, war die Begründung. Die Anzeigen, die mit seiner Dienstleistung in Verbindung gebracht wurden, häuften sich. Das Risiko konnte die Agentur einfach nicht mehr tragen.

„Na gut", dachte sich Claus gelassen und legte den Hörer auf die Gabel, „gehe ich eben in den Ruhestand. Den Job habe ich lange genug gemacht. Außerdem ist da noch das Angebot dieses Limonadenherstellers. Mal sehen was der will." Er schälte sich aus dem Sessel und schaute in den Spiegel an der Wand. Beim Anblick seines massigen Körpers musste er grinsen. „Vielleicht werde ich ja mal zur Legende", er tätschelte seinen Bierbauch und lachte mit tiefer Stimme: „Ho-ho-ho!", so ein Quatsch.

Die Träne

Schön, dass ich mich mal vorstellen darf. Gestatten: Träne! – DIE Träne. Mein Beruf? Na was schon: Tränen! Schon komisch, dass man mich weiblich gemacht hat, wo man doch eindeutig meine stolze Männlichkeit sehen kann: Glänzend runder Bauch, in dem man sich sogar spiegeln kann. Okay, das Zipfelchen ist am Kopf – aber dafür kann ich nichts, ist halt so. Da haben meine Eltern, die Drüsen, wohl nicht richtig aufgepasst. Muss wohl dennoch süß aussehen, denn am liebsten hätten mich die vom Duden – ihr wisst schon, diese Redaktionisten, die jedem Wort gleich ein Geschlecht anhängen müssen – na ja, die hätten mich wohl gerne in ein Röckchen gesteckt. Ha! Dass ich nicht lache. Was wissen die schon wie es einem als Träne ergeht. Andauernd das Gejammer! Tag ein, Tag aus. Das geht mir so auf den Sack, kann ich Euch sagen. Immer müssen wir für den ganzen sentimentalen Quatsch herhalten. Habt ihr Euch schon mal den Schmachtfetzen „Titanic" angesehen? Oder: „Vom Winde Verweht", für die Älteren unter Euch? Ohoho! Vorsicht, sag ich da nur. Was da an Tränenbächen vergeudet wird ist unvorstellbar. Dabei ist alles nur Kintopp. Viel Tränenwasser für nichts. Reinste Verschwendung, völlig unwirtschaftlich, geradezu inflationär. Würde auch mein Bankberater sagen. Der ist übrigens gerade Tränenreich – kleines Wortspiel. Ha-ha-ha! ... Scherz beiseite. Na gut, wenn den Leuten die Tragödien gefallen solls mir Recht sein, ist schließlich mein Job. Aber um ehrlich zu sein, meins ist das nicht.

Schöner sind da die Freudentränen oder die Tränen der Rührung. Das ist doch etwas Wohltuendes. Man denke doch nur an die vielen Kreissäle! Was da bei den Geburten vergossen wird, sensationell! Da müssen ich und meine Kollegen Schwerstarbeit leisten. Den Job machen wir aber gern. Das gleiche gilt für die unzähligen Sportveranstaltungen. Schaut Euch nur an wie sich die Sieger freuen! Und deren Familie, deren Trainer, und die zigtausend begeisterten Zuschauer! Tolle Sache! Na ja, andererseits gibt es auch jede Menge Enttäuschung bei denen, die ihr Ziel nicht erreicht haben. Da spenden wir eben ein wenig Trost, der ist gratis - aber nicht umsonst.

Am liebsten arbeite ich aber für den feinsinnigen Witz, den Schalk, den deftige Scherz, den Schenkelklopfer! Da fühle ich mich wohl, da kann ich mich entfalten. Da drück ich mich, da sprieße ich, da renne ich die Wange runter. Gerade so wies mir gefällt. Am liebsten natürlich mit meinen Kumpels. Wenn´s mal länger geht kommen dann meistens noch die Girls dazu! Die Perlen - die Schweißperlen. Das macht richtig Spaß, wenn alle Poren geöffnet sind. Dann ist Party! Ein wildes Durcheinander, kann ich Euch sagen. Ringelpietz mit Anfassen! Woh-ho-ho! Leider ist die Feier meist zu schnell vorbei und wir werden in einem Tuch weggedrückt. Egal, wenn den Leuten eine schöne Erinnerung bleibt, dann sind wir zufrieden, dann haben wir gute Arbeit geleistet, und wir kommen gerne wieder!

Damit hier kein Irrtum aufkommt: Bei Trauer verstehen wir keinen Spaß! Trauer ist was anderes - wenn sie echt ist. Das wickeln wir ganz professionell ab, darauf könnt Ihr Euch verlassen. Das ist Ehrensache! Mitleid zählen wir zur nahen Verwandtschaft, die nehmen wir selbstverständlich ebenso ernst, keine Bange.

Aber noch eins, bevor ich´s vergesse: Manch ein Zeitgenosse verwendet meinen Namen gerne Mal verächtlich als Schimpfwort um seinen Ärger anderen gegenüber Ausdruck zu verleihen. Also das geht nun gar nicht. Da muss ich in aller Deutlichkeit protestieren. Unerhört! Wer bin ich denn, dass man mich mit so genannten Nieten und Versager vergleicht. Nein, nein, nein! Wir Tränen haben schließlich auch unseren Stolz. Soll uns doch jemand die ganze Arbeit einmal nach machen! Ständig müssen wir auf Abruf sitzen. Und wenn es dem Gefühlszentrum mal in den Sinn kommt müssen wir sofort loslegen. 24 Stunden am Tag, sieben Tage die Woche! Man stelle sich das einmal vor! Wer macht das heute denn noch? Ohne Urlaubsanspruch, ohne Feiertagszuschlag, ohne Krankenversicherung. Undank ist wohl unser Lohn, denkt mal darüber nach. Da dürfen wir wohl mit etwas mehr Würde den Bach hinunter fließen.

Zum Schluss noch ein Selbstversuch: Schlagt Euch doch einfach mal mit dem Hammer auf die Finger, dann könnt Ihr mal sehen wie schnell wir im Auge stehen! Da kann kein Pizza-Schnelllieferdienst mithalten. Wetten?!

So! Ich hoffe nun Ihr habt mein Wesen etwas näher kennen lernen können und mein Name hat Euch dabei womöglich zu selbiger gerührt. Vielleicht drückt sich gerade der eine oder andere Namenskollege sich scherzhaft über Eure Wange. Das wäre schön. Denkt immer feste daran: es gibt viel mehr Gelegenheiten zur Freude als zur Trauer. Also bis bald, wir sehen uns beim nächsten Mal. Hoffentlich im Gute!

Es grüßt herzlichst,

Träne – Die

Besser Schein

Ich bin mir nicht sicher, ob es mir allein nur so geht aber ich frage mich immer wieder dieselben Dinge:

Warum sind die Anderen immer schneller auf der Jogging-Runde als ich, obwohl die nie Trainieren und dabei mindestens 20 Kilo mehr als ich wiegen?

Warum haben Andere schon den Himalaya bestiegen wobei ich nicht mal auf der Zugspitze war?

Warum bezahlen Andere immer weniger als ich und machen ein Schnäppchen nach dem Nächsten?

Warum bekommen Andere immer den besseren Platz im Flieger, im Kino oder im Theater?

Warum haben die Anderen die größeren, schnelleren und teureren Autos?

Warum ist es immer schöner dort wo die Anderen sind?

Warum sind alle Kettenraucher und Übergewichtige gesünder als ich und tun nicht mal was dafür?

Und warum feiern die Anderen die ganze Nacht ohne müde zu werden?

Ich verstehe das nicht! Es muss wohl daran liegen, dass die:
- heimlich trainieren und sich bei jeder Runde quälen
- was wollen, das mich nicht interessiert
- sich belügen und allen Anderen etwas vormachen
- beim nächsten Mal wieder den schlechten Platz bekommen
- mehr Schulden haben als ich
- bessere Sprüche machen können
- es nicht besser wissen
- Drogen nehmen

Und warum bin ich trotzdem glücklich? Weil mich all das nicht kümmert!

Wirklich?

Und wenn schon, dafür kann ich schöner faulenzen! Basta!

Müde

Die Sonne schafft es an diesem Morgen gerade noch rechtzeitig zu ihrem eigenen Aufgang. Träge schleppt sie sich über den Horizont um den Tag mit dem Restglühen ihres Abendrots einzuleiten. Hoffentlich würde sie ihr frisch-froh-gelbes Strahlen heute noch erreichen, möchte man ihr wünschen.

Die Rollladenkonstruktion muss von dessen Erfinder noch mal überdacht werden, überlege ich, als mich der durchgedrungene Schein zum Aufstehen zwingt. Mit schweren Gliedern schleppe ich mich zu der Jalousie und sammle meine im Schlaf verbrauchten Kräfte um die Lichtflut des Tages herein zu lassen. Vorhersehbarer Fehler! Stelle fest, dass die Reaktionszeiten der Augenlider und der Pupillen wesentlich kleiner sind als die Lichtgeschwindigkeit. Endlich haben sich meine Augen zu einem Minimalspalt zusammen gezogen. Zu spät, die mir unwillkommene Energie reizt ein Auge zu Tränen. Nach so viel Aufregung möchte ich am liebsten wieder umdrehen und ins Bett. Die drückende

Hitze, bereits so früh am Morgen, lässt alles ermatten. Die kleinste Bewegung treibt Schweiß aus den Poren. Nur keine Anstrengung. Eine Hummel zieht an dem offenen Fenster vorbei - gaaanz langsam und bedächtig, gerade noch in der Luft haltend, kurz vor einem trudelnden Absturz, so scheint es. Ihr unregelmäßiges Brummen setzt manchmal aus, wie ein stotternder Motor – ich kann ihr nachfühlen. Hebe nur leicht den Arm und winke ihr schläfrig nach. Bemerke wie die Blumen anfangen ihren Duft abzugeben. War dieser vorher schon da oder haben die Pflanzen extra auf mich gewartet? Könnte ich verstehen, nur nicht zu früh mit der Arbeit beginnen. Ein wohltuender Kaffeegeruch mischt sich dazwischen. Unglaublich mit welcher Energie manche Leute den Tag beginnen. Selbst die Vögel wollten nicht richtig wach werden. Mit trägem Flügelschlag erreicht eine Lärche gerade noch den rettenden Ast. Ihren Gesang hat sie eingestellt – zu anstrengend! Hunde und Katzen liegen faul nebeneinander am Straßenrand. Müde Leute und müde Kinder schleppen sich an ihnen vorbei. Die Einen zur Arbeit, die Anderen zur Schule. Hoffentlich erreichen sie ihr vorgewähltes Ziel. Lahme Bewegungen im gleichmäßigen Trott, Zeitlupengleich. Gespräche sind auf das Notwendigste reduziert. Nicht stören, den Rhythmus beibehalten um die innere Ruhe zu bewahren. Werde mich auch gleich – bald - in den Strom einordnen. Muss wieder gähnen, der Morgenkaffee hat keine Wirkung gezeigt.

Der Schlummer setzt sich im Büro fort, nur eine arbeitet jetzt mit voller Leistung: Die Sonne! Das hätte ich vor kurzem noch nicht von ihr erwartet. Heißer, drückender, lähmender wird die Atmosphäre. Die flimmernde Luft steht still und lässt selbst den trocken roten Staub schläfrig liegen. Die Welt hängt Schlaff herum, will nicht so recht in Schwung kommen. Viel zu langsam schreitet der Tag voran. Endlich naht die Mittagszeit. Halbzeit! Pause! Ein wenig über den Markt schlendern und den müden Verkäufern und dem faul daliegendem Obst zusehen. Gerne würde ich ein Nickerchen machen aber es ist zu heiß, die Klei-dung klebt am Körper – unangenehm. Mag mich nicht setzen, mag nicht stehen und mag schon gar nicht gehen. Füße so schwer wie Blei. Schleppe mich weiter über den tränigen Tag bis zum Feierabend. Durch die flirrende Hitze bringen gemächlich rollende Busse die geschafften Menschen zurück in ihre Behausungen.

Pünktlich um 18:00 Uhr verschwindet die Sonne hinter den fernen, geruhsamen Bergen. Endlich ist es Dunkel, bald würden die Bars und Restaurants öffnen. Na dann: Frisch machen und schicke Kleider an, die Nacht beginnt. Nicht mehr lange bis der Trubel Jung und Alt, Hund und Katz wieder zum Tanzen, Lachen und Freuen verführen wird. Bis zum nächsten müden Tag, in diesem nicht enden wollenden Paradies.

Interview

„Herr …, Herr …? – Na ja, egal! Sie … Sie schreiben!"

„Hm!"

„Gut – äh – wollen Sie uns sagen wie Sie dazu kam?"

„Wozu?"

„Zum – äh – zum schreiben!"

„Hm!"

„Sie schreiben in ganzen Sätzen!"

„Hm!"

„Nun, das ist sehr ungewöhnlich …?

„Es fing ganz harmlos an."

„Aha!"

„Vor zwei Jahren – zirka - eine Mail – es war eine E-Mail."

„Ah ja, und wie war das?"

„Ich hatte zufällig die Groß- und Kleinschreibung entdeckt."

„Nein!"

„Doch!"

„Wie gingen sie damit um?"

„Na ja, nachdem ich den Hauptwörtern Großbuchstaben verpasst habe fing ich an das ein oder andere eben mal aus zu probieren. Die ersten Absätze und so, sie wissen schon."

„Ich kann es mir vorstellen."

„Dann ging es Schlag auf Schlag. Bald benutzte ich schon Kommas und Punkte und all das andere Zeugs. Das ganze Programm eben."

„Unglaublich."

„Selbst Semikolons habe ich entdeckt."

„Ah, der harte Stoff!"

„Ja, der harte Stoff!"

„Wie ging es weiter? Wo haben sie diesen Trieb, wenn ich das so sagen darf, ausgelebt?"

„Im Netz!"

„Wie bitte?"

„Im Internet, da ließ es sich noch gut verbergen."

„Oh, natürlich."

„Man traf sich in Chat-Rooms, unauffällig und anonym."

„Es gibt eine Szene?"

„Ja, ja, kaum zu glauben, nicht wahr?"

„Wie muss man sich die Treffen vorstellen? Was passiert da?"

„Man umgab sich zunächst mit einem Pseudonym, einer dieser alten und unbekannten Namen."

„Zum Beispiel?"

„Hesse, Mann, Grillparzer oder Schiller."

„Interessant! – Und dann?"

„Man schrieb Texte - kurze Texte - und stellte sie in den Chatroom, wo sie jeder sehen konnte."

„Wie fühlten sie sich dabei?"

„Nackt!"

„Was kam danach?"

„Es hatte vollkommen von mir Besitz ergriffen. Ich hatte mir zwischenzeitlich die korrekte Orthographie angeeignet, konnte gar nicht mehr anders. Überall schrieb ich die Wörter in korrektem Deutsch, keine Abkürzungen mehr."

„Kaum vorzustellen und das in der heutigen Zeit!"

„Ich weiß."

„Herr … Herr …, na egal! Würden sie der allgemeinen Aussage zustimmen, dass E-Mails als Einstiegsdroge zu bewerten sind?"

„Nein, das kann man nicht behaupten, da haben unzählige wissenschaftliche Studien das Gegenteil bewiesen. Außerdem, sehen sie sich doch nur die Millionen von Kurznachrichten an: Die sind alle normal verfasst, unverständlich und in abgekürzten Worten."

„Was macht den Reiz an dem Schreibstil aus?"

„Nach dem anfänglichen Ausprobieren stellt man schnell fest, dass man anders ist, etwas Besonderes. Dieses sich von der Masse abheben und auffallen, ich glaube, das ist es was viele daran reizt."

„Ist das alles?"

„Nein! Mit der Zeit entdeckt man, dass man Verstanden wird. Ein ungewohntes aber angenehmes Gefühl auf das man nicht mehr verzichten möchte. Man erhält Bestätigung."

„In den Chatrooms?"

„Ja!"

„In den Chatrooms – sagten sie - verlief alles noch anonym."

„Hm!"

„Wie hat sich ihre Karriere in der Szene weiter entwickelt?"

„Ich ging allmählich über mich in der Öffentlichkeit zu treffen. In Bars und Kneipen, meist versteckt, in Hinterzimmern."

„Das erfordert viel Mut und Überwindung, kann ich mir vorstellen."

„Das war eine neue Erfahrung, eine andere Dimension."

„Wie das?"

„Man las sich die Texte gegenseitig vor und die anderen hatte sie kommentiert und korrigiert."

„Wie haben sie das angestellt?"

„Zunächst hatten wir das Rechtschreibprogramm im Computer entdeckt."

„Ach nein, das gibt es wirklich?"

„Ja, das ist keine Legende, man muss es nur suchen und aktivieren. Im Grunde ganz einfach."

„Toll!"

„Später haben wir dann professionelle Hilfe gesucht. Wir haben den Duden benutzt."

„Den Duden? Das war sicherlich schwierig an eines dieser seltenen Exemplare zu kommen."

„Schon wahr, man muss etwas suchen aber man hat schließlich Kontakte …"

„Schmuggelware aus dem Ausland? Dealer?"

„Darüber möchte ich nicht sprechen."

„Na gut, lassen wir das. Wollen sie dafür etwas zum Stichwort Lektor sagen?"

„Ja, eines der ältesten Gewerbe der Welt wie man weiß. Sie bieten ihre Dienste meist versteckt in Studios, so genannten Lektoraten an. Vor den Bordsteinschwalben muss man sich in Acht nehmen, dort wird die schnelle Mark gemacht. Die Qualität ist aber in der Regel sehr schlecht. Man trifft sie häufig kurz hinter den Grenzen. Dort, in Österreich oder in der Schweiz. Zum Teil auch schon in Schwaben oder, noch schlimmer, in Sachsen. Bei einem professionellen Lektor ist man dagegen sicher. Das macht sich natürlich im Preis bemerkbar."

„Wie kamen sie mit ihrem Problem in die Öffentlichkeit?"

„Das Outing?"

„Ja, genau!"

„Ich konnte es lange geheim halten aber es wurde mit der Zeit immer schwieriger. Es geschah schließlich durch Zufall. Ich war unvorsichtig. Eine SMS!"

„Eine SMS?"

„Ja!"

„Interessant, wollen sie uns davon erzählen?"

„Ich hatte auf Versehen die Wörter ausgeschrieben!"

"Nicht möglich. Wie hat Ihr Umfeld darauf reagiert?"

„Zunächst mit Unverständnis. Warum so viel Zeit und Energie in Kommunikation verschwenden? Mach doch etwas Sinnvolles mit deiner Zeit. Es kamen dann auch Sprüche wie: Das hätte ich von dir nie erwartet – wie kannst du nur – all das Übliche, mit dem man als Betroffener eben konfrontiert wird. Kein wirkliches Verständnis."

„Und ihre Eltern?"

„Die waren sehr enttäuscht! Das hat sie hart getroffen. Sie hatten gehofft der Junge lernt etwas vernünftiges, wie zum Beispiel: Autos aufbrechen, Tankstellen ausrauben und alte Omas überfallen."

„Werden sie jemals wieder zur Normalität zurückkehren?"

„Ich weiß es nicht. Ich machte einige Anläufe. Es gibt zum Beispiel eine Selbsthilfegruppe: Die anonymen Schreib-Junkies. Ein Trend aus den USA und Japan. Dort wird nach einer wissenschaftlich fundierten Methode schrittweise zu einer normalen Schreibweise zurückgeführt. Zunächst werden die harten Sachen weg gelassen."

„Semikolon!"

„Ja genau – und Apostrophen! In der nächsten Phase, so ungefähr nach sechs Wochen werden alle Wörter wieder klein geschrieben, auch die Hauptwörter, unabhängig ob diese am Satzanfang stehen oder nicht. Dann kommen die anderen Satzzeichen dran: alle weg! Schließlich verschwinden die Absätze. Zum Schluss, das ist der schwierigste Teil, werden die Wörter abgekürzt. Zum Beispiel das Wort Liebe. Der Duden buchstabiert es L-I-E-B-E. Richtig zurückgeführt in die Kurzform wird es zum bekannten lbe, also L-B-E."

„Aber haben sie nie an die Vorteile dieser kurzen Schreibweise gedacht? Was da allein an weltweiter Speicherkapazität zusammenkommt. Denken sie doch auch an die Schonung der Ressourcen, der Umwelt und der Natur!"

„Ja schon, man spart sicherlich eine Menge Buchstaben, aber die Verständlichkeit leidet doch sehr und nicht zu vergessen das Gefühl, das dadurch verloren geht."

„Verstehe, die Einschätzung einer Minderheit. Wie schätzen sie ihre Chancen für eine Rückführung bei ihnen ein?"

„Ich habe es versucht aber ich werde es wohl nicht schaffen."

„Oh, das ist tragisch, das tut mir leid!"

„Braucht es nicht, ich bin im Grunde sehr zufrieden."

„Herr ... - na ja, immer noch egal, ich möchte mich für ihre Offenheit und das Gespräch bedanken."

Erste Begegnung

Joe Feldman war zufrieden mit sich und seiner Welt. Sein heute abgeschlossener Finanz-Deal würde dem Top-Manager wieder mehrere Millionen in die Tasche spülen. Was kümmerte ihn schon die vielen dummen Anleger, die seinen haltlosen Versprechen glaubten. Selber schuld, waren eben nicht so clever wie er. Joe war ein Selfmade-Mann, er lebte auf der Überholspur, auf der Seite der Sieger. So war auch sein Fahrstil: schnell, forsch, unnachgiebig.

Als er wieder zu sich kam war er in dichten weißen Nebel gehüllt. Aus der Ferne hörte er Schritte näher kommen. Ein freundlich wirkender Mann, in einem weißen, noblen Anzug kam auf ihn zu. Das fremde Gesicht zeigte gereifte Lebenserfahrung. „Hallo Joe!", begrüßte er ihn mit ruhiger, fester Stimme und einem gutmütigen Lächeln, „schon lange nicht mehr gesehen." Joe begriff nicht. „Wo bin ich? Wer sind Sie? Was ist geschehen?"

Der fremde ältere Herr ging auf Joes verwirrte Fragen nicht ein. „Es sind nun 50 Jahre her als wir uns das letzte Mal sahen, damals, als ich Dich in die Welt entließ. Ich hatte Dich mit den besten Eigenschaften ausgestattet: Intelligenz, Mut und Ehrgeiz." Er machte eine Pause. „Nun?", zog er erwartungsvoll in die Länge, „was hast Du daraus gemacht?"

Joe begriff schnell und ahnte wo er sich befand, so unglaublich ihm das alles auch erschien. „Ich denke darüber sollten Sie bestens bescheid wissen, falls Sie wirklich der sind wofür ich Sie halte", Joe hatte keine Angst und zeigte auch keinen Respekt. Das war tödlich in seinen Geschäften, bei denen es auf schnelle Entscheidungen ankam.

„Ich will es aber von Dir hören!", sagte der grauhaarige Fremde und machte eine auffordernde Handbewegung.

Joe Feldman kannte die Feinheiten in den Business-Gesprächen und wusste daher ganz genau wo Grenzen lagen und wann es besser war zu reden und sich zu öffnen. Das war nun einer dieser äußerst seltenen Momente. „Wo soll ich anfangen?", er machte eine kurze Denkpause. „Ich habe das getan was den Menschen aufgetragen wurde", kam ihm die clevere Antwort in den Sinn. „Ich habe die Talente genutzt, die mir in die Wiege gelegt wurden." Joe war sichtlich zufrieden mit seiner Antwort.

„Und? Was hast Du nun damit gemacht?", bohrte der Mann nach.

„Ich ... ich ...", stotterte Joe jetzt etwas verunsichert und nach einer Antwort suchend, „ich habe gelernt, ich habe viel gelernt und studiert."

„Ich weiß, Du warst ein fleißiger und guter Schüler", bestätigte der Alte.

„Dann habe ich Karriere gemacht", Joe hatte seine Selbstsicherheit wieder erlangt, „ich habe die Intelligenz dazu verwendet neue Produkte zu entwickeln, mit Mut habe ich diese meinen Vorgesetzten verkauft und auf den Markt gebracht. Und mit Ehrgeiz habe ich schließlich die Spitze des Unternehmens erklommen." Joe war stolz auf sich. „Sie sehen ich habe etwas aus mir gemacht. Mein Konto ist voll, ich bin ein erfolgreicher Geschäftsmann und lebe mit meiner Familie im Wohlstand. Kurz: Ich bin ein angesehener Mann!"

„Joe, Joe, Joe", schüttelte der alte Herr enttäuscht den Kopf, „Du hast es immer noch nicht begriffen." Der angesprochene schaute ihn mit Unverständnis an. „Joe, mir kommt es nicht darauf an ob jemand reich ist oder arm."

„Tut mir leid wenn ich reich und erfolgreich bin. Ist das schlecht?", kam prompt die trotzige Reaktion.

„Mein lieber Joe Feldman", entgegnete ihm der Mann mit Nachsicht und sah ihn dabei mit seinen eindringenden blauen Augen an. „Versteh´ mich nicht falsch, ich habe nichts gegen Geld verdienen. Natürlich darfst Du Geld besitzen! Sogar viel, das ist schon in Ordnung. Aber eines ist dabei entscheidend: Es kommt darauf an was Du damit machst und wie Du das Geld verwendest!"

Joe begriff offensichtlich nicht.

„Was ich meine Joe: was hast Du Gutes getan mit Deinem vielen Geld?"

„Oh, ich habe regelmäßig gespendet!", kam die gar nicht verlegende Antwort, wie aus der Pistole geschossen.

„Joe, Du willst mir doch nicht im Ernst die paar Kröten als gute Tat verkaufen", entgegnete ihm der alte Herr in einem mitleidigen Tonfall. „Das ist ja nicht einmal ein Bruchteil Deiner eigenen Portokasse." Der Mann machte eine kurze Pause um seine Worte wirken zu lassen. „Komm schon Joe, ein bisschen mehr Phantasie hätte ich schon erwartet. Du, der große Macher, der Held der Finanzbranche. So wurdest Du doch einmal betitelt – nicht wahr?"

An anderer Stelle hätte sich Joe über dieses Lob geschmeichelt gefühlt, aber jetzt machte er ein betrübtes Gesicht. Der Mann schien sich nicht so einfach zufrieden zu geben. Hier kam er wohl nicht so einfach heraus. Joe stand da wie ein begossener Pudel. Hatte er tatsächlich etwas falsch gemacht in seinem Leben? Er konnte sich nicht vorstellen was er übersehen hatte.

„Joe ich bin enttäuscht von Dir", fuhr der Herr fort, „Du hättest etwas bleibendes schaffen können. Etwas wirklich Großartiges.

Etwas was den vielen Menschen, die benachteiligt sind geholfen hätte. Aber Du hattest nichts anderes im Sinn als Geld zu scheffeln um des Geldes Willen. Hattest Du etwas erreicht musstest Du noch mehr haben. Die Gier hat Dich getrieben, die Gier nach mehr ohne dabei an Deine Mitmenschen zu denken."

„Warum hast Du denn den Armen und Kranken nicht die gleichen Talente gegeben, wenn Du schon so mächtig bist?", war Joes trotzige Reaktion.

„Ganz einfach: Weil die Natur eine unzählige Vielfalt vorsieht. Und weil Ihr Menschen Euch schließlich bewähren müsst. Ihr habt einen freien Willen. Macht was draus! Zeigt es mir!", war die energische Antwort. „Alles was ich von Dir gesehen habe war Gier, Rücksichtslosigkeit und Selbstsucht. Anstatt den Menschen zu helfen hast Du sie betrogen und ausgenutzt, nur um Deinen Vorteil zu mehren. Du hast eine Menge Autos, Häuser und Yachten hinterlassen - schön. Denkst Du, dass sich nur ein Mensch daran erinnern wird? Schade, schade, schade", drückte der alte

Herr seine Enttäuschung aus, „meine Anlage in Deine Talente habe ich offensichtlich vergeudet. Joe, Du hast mich enttäuscht!" Langsam begriff Joe seinen Fehler. Aber wie hätte er es denn erkennen können? „Es waren doch alle so!", versuchte er sich zu rechtfertigen.

„Einspruch Joe! Du hast Dir nie die Mühe gemacht weiter zu denken und über Deinen engen Horizont zu blicken. Dann hättest Du gesehen, dass es noch eine andere Welt gibt, neben den Aktienkursen, den Derivaten und den überzogenen und unverschämten Boni. Du hattest die Macht und die Mittel etwas zu verändern." Eine Stille der Erkenntnis setzt ein, dann ergänzte der Mann: „Joe, Du hast es einfach versemmelt!"

Nun hatte es auch Joe begriffen: Sein Leben auf der Überholspur raste in die falsche Richtung. „Kann ich noch etwas ändern?", fragte er kleinlaut.

„Nein, die Sache ist gelaufen."

Joe schluckte über die bittere Erkenntnis.

„Aber ich will Dir noch eine Chance geben", machte der ältere Herr ihm Hoffnung. „Siehst Du die beiden Türen dort?", und machte eine entsprechende Handbewegung auf zwei identische Türen, die frei in dem hellen Nebel standen.

Ein zögerliches „Ja!", entfuhr ihm.

„Entscheide Dich für eine davon. Hast Du gut gewählt, dann bekommst Du eine zweite Chance. Nimmst Du jedoch die falsche Tür, dann führt sie Dich nach unten." Er machte eine kurze Pause, dann mit drohender, tiefer Stimme: „Nach ganz unten, in die ewige Verdammnis!"

„Aber - aber -", stotterte der elend wirkende Joe, „woran erkenne ich welche Türe gut und welche schlecht ist?"

„Es gibt kein Erkennungszeichen!", die Antwort wirkte zugegebenermaßen etwas zynisch. „Verlass Dich einfach auf Deinen Instinkt, Joe. Alles oder nichts, das ist doch das was Dir gefällt. Ich vertraue Dir." Mit den Worten: „Nimm Dir soviel Zeit wie Du willst!", ließ der alte Mann Joe alleine.

Joe hatte Angst, zum ersten Mal in seinem Leben hatte er Angst eine Entscheidung zu treffen. Zum ersten Mal ging es um sein eigenes Leben. Joe saß in dem nicht enden wollenden weißen Nichts vor den beiden Türen und nahm sich Zeit. Aus einer Woche wurden ein Monat, daraus ein Jahr, dann zehn, dann hundert Jahre und so weiter. Joe, der Manager, konnte sich nicht entscheiden.

„Er hat es immer noch nicht begriffen!", dachte sich Gott, „wenn es drauf ankommt vertraut er weder sich selbst noch mir. Schade." Joe konnte keine schlechte Wahl treffen, denn beide Türen führten zur zweiten Chance. Aber das sagte Gott ihm nicht - noch nicht. Vielleicht später, so in etwa 1000 Jahren. Er hatte ja Zeit.

Mieser Job

Die Jagd auf ihn war eröffnet. Ein Schuss hatte seinen Oberschenkel gestreift. Es blutete und tat höllisch weh. Doch er musste weiter, durfte nicht stehen bleiben. Wieder knallte ein Schuss. Haken schlagen, erinnerte er sich, im Trainingscamp sagte man ihnen sie sollen Haken schlagen. Wenn doch nur nicht der schwere Sack auf seinem Rücken drücken würde. Er musste weiter, immer weiter, die Ware abliefern. Auf dieses eine Ziel wurde er ausgebildet, er durfte jetzt nicht versagen. Scheiß Job, fluchte Roger. Nächstes Jahr würde er umsatteln, eine ruhige Stelle annehmen. Wie sein Cousin Linus, der war fein raus. Es knallte wieder! Weiter, nicht stehen bleiben. Wie er es doch hasste, aber es half nichts, Roger brauchte das Geld für seinen Lebensstil und die süßen Häschen. Das war der entscheidende Unterschied zu Linus: Der miese Verdienst. Dafür hatte Linus wenigstens geregelte Arbeitszeiten und drei Mahlzeiten täglich. Die üblichen Annehmlichkeiten eben in einem Streichelzoo. Der nächste Schuss verfehlte Roger nur knapp. Verdammt noch mal, er musste es schaffen, er musste doch die bunten Eier in die Nester der Kinder abliefern.

Fleisch

Der kleine See an dem die beiden jungen Männer ihren jüngst erworbenen, gebrauchten Campingwagen abstellten war perfekt. Absolute Einsamkeit, keine Menschenseele, nur die Natur. Perfekt um ein paar Tage auszuspannen, ohne nervige Chefs, ohne die anstrengenden Familien. Es war noch früh im Jahr und die anderen Campingwagen auf dem etwas heruntergekommenen Gelände waren unbewohnt, sagte zumindest der alte, schrullige Platzwart. Martin und Willi freuten sich schon auf ausgiebiges Bier trinken, Grillen und ungestörtes Angeln am See. Niemand wusste wo sie waren, die Handys hatten sie abgeschaltet. Während Martin in der Sonne saß und sein erstes Bier genoss hatte Willi den Grill angeheizt. Die Steaks hatten sie nicht weit von hier, bei dem etwas merkwürdigen Metzger in dem ausgestorben wirkenden Dorf gekauft. Sie sollen es genießen, es wäre etwas besonderes, hatte der düster dreinblickende Schlachtermeister gemeint. In die abgelegene Einöde verirrten sich nur selten Touristen. Der unwirtliche Flecken wurde nur noch von wenigen Alten bewohnt. Selbst die Landwirte hatten ihre Betriebe aufgegeben und wanderten in bessere Gegenden ab. Es hätte daher auffallen müssen, wenn vor der Metzgerei das Schild zu lesen war: „Bestes Fleisch aus frischer Hausschlachtung". Der Metzgermeister schloss den Laden, dann begab er sich in den Keller zum Kühlraum. Er hatte etwas vergessen. Die steif gefrorene Hand trug immer noch den schönen goldenen Ring. Nur mit viel Mühe bekam er das Schmuckstück von der toten Hand gezogen. Den Ring ließ er in seiner Außentasche verschwinden, die tote Hand schob er wieder zurück in die Kühltruhe, zu den restlichen Teilen der unbekannten Frau. Danach wetzte er sein Schlachterbesteck für das Frischfleisch - am See! Willi und Martin ließen sich derweilen ihr Essen schmecken.

Land

Strahlend blauer Himmel, bis zum Horizont. Die lachenden Sonnenstrahlen kitzelten ihn an der Nasenspitze. Er schlug langsam die Augenlieder auf: Ein weiterer Tag in der Hölle hatte begonnen. Björn richtete seinen geschundenen Körper auf um über die Bordkante zu blicken. Nichts! Die Unendlichkeit wurde von Wasser und Himmel begrenzt. Kein Lüftchen wehte über die spiegelglatte See. Jeder Tag gleich. Mörderisch. Wie lange er schon in dieser maroden Nussschale auf dem Meer trieb konnte der junge Matrose nicht sagen, er hatte sein Zeitgefühl verloren. Gestern - oder war es schon vor zwei Tagen? Auf jeden Fall schien es ihm eine Ewigkeit! – da ging ihm das Trinkwasser aus. Dabei hatte er noch Glück gehabt, das Rettungsboot war mit einem Süßwasservorrat ausgerüstet. Nicht unbedingt üblich auf so einem alten Segelschiff. Das abgestandene Wasser aus dem alten Holzfass schmeckte indes schauderhaft. Was gäbe er jetzt nicht alles für einen Tropfen dieser braunen, schalen Brühe. Das salzige Meerwasser durfte er auf keinen Fall trinken. Björn hätte auf dem alten Schoner nicht anheuern dürfen, gestand er sich ein. Aber er wollte unbedingt zur See fahren, an Deck die Seeluft riechen, in den Masten das Segeltuch setzen, ferne Länder entdecken. Davon träumte er als Kind. Eine Arbeit auf einen der neuartigen Dampfschiffe kam für ihn nicht in Frage. Womöglich hätte er als Heizer tief unten im Rumpf Kohle schippen müssen. Nein, das war nichts für den Jungen aus den schwedischen Wäldern. Ein Segelschiff musste es sein! Weiße Segel sollten ihn zu seinen Träumen in die Ferne ziehen. Seine erste Fahrt sollte sich jedoch zum Alptraum wandeln. Was war eigentlich geschehen? Er spürte die schmerzenden Glieder und die brennende Haut, auf der sich Blasen bildeten. Seine aufgeplatzten Lippen schmeckten salzig. Björns trockener und ausgehungerter Körper besaß kaum noch Energie. Der Durst war unerträglich. Denken! Denken fiel ihm so unsäglich schwer. Wo waren die anderen? War er der einzige Überlebende? Wo waren seine Erinnerungen? Ein Sturm, die Wellen, das Wasser - Unmengen an Wasser - dann ein schwarzes

Nichts. Mit Mann und Maus wurde die einst so stolze und prächtige Göteborg Clipper von einem höllischen Strudel in die dunklen Tiefen des Meeres gerissen. Seitdem befand er sich in dem kleinen Ruderboot in der Mitte dieses nicht enden wollenden Ozeans. Weit und breit kein Land in Sicht, nach dem er sich so sehr sehnte. Die Strapazen hatten aus dem kräftigen jungen Mann eine leidvolle Kreatur geformt. Die Hitze verdrängte Björns letzte Kraft. Nach und nach überfiel ihn eine süße Ohnmacht. Auf einmal, tief unten in seinem Schlummer, da nahm er den frischen Duft von wilden Blumen wahr. Björn begann von seiner Heimat zu träumen. Damals, als kleiner Junge, wie er über die Felder streifte. Es roch so angenehm vertraut, er konnte es kaum glauben. War es Traum oder Wirklichkeit? Die Bilder die sich langsam dazu gesellten wurden immer deutlicher. Sein Blick folgte einem Schwarm Vögel, die durch die reine und klare Luft in Richtung des grenzenlosen Horizonts zogen. Dort war ein Bauer, der mit seinen Ochsen das Feld bearbeitete. Vater? Es war so still, so friedlich, so wohltuend. Und die fleißigen Bienen summten das Lied seiner Heimat. Er fühlte das feuchte Moos unter den nackten Füßen. Jetzt spürte er auch den leichten Wind, der die Schäfchenwolken vor sich her schob und ihm eine angenehme Kühlung verschaffte. Nach Hause! Zu den Wiesen und Wäldern und den sanften Hügeln! Die Brise ließ Björn allmählich aus seinem Traum erwachen, zurück in die grausame Realität. Der Horizont zeigte wieder das endlose blau des Ozeans. Aber etwas war anders: Der Wind, der Wind war Wirklichkeit geworden. Und dann, auf einmal nahm er es wahr. Kaum merklich, doch er irrte sich nicht. Eine feine Note lag in der Luft – Björn war sich ganz sicher: Land!

Stau

Der Tag wird heiß werden, sehr heiß sogar. Jakob Brandmayer hatte sein Frühstück beendet, jetzt prüfte er den Revolver.
Die Kammern der Trommel waren mit sechs Schuss vom Kaliber
.357 Magnum geladen, eine besonders durchschlagkräftige Patrone, absolut tödlich. Er hatte sich bewusst für einen Revolver
der Marke Colt entschieden. Das Modell Python überzeugte nicht
nur durch den gefährlich klingenden Namen sonder war fabelhaft
in der Verarbeitung, mit einem perfekt ergonomischen Holzgriff
und einem wundervoll glänzenden Lauf aus Stahl. Die schwere
Waffe war ungewöhnlich handlich, nicht zu groß, ideal für die
Jackentasche. Jakob hatte sich gut beraten lassen. Er packte
den Revolver in das Handschuhfach des alten Ford, dann fuhr er
zur Arbeit, so wie jeden Tag.

Das Autoradio funktionierte schon lange nicht mehr, Jakobs
Gedanken schweiften ab. Letzte Woche, es war sein fünfzigster

Geburtstag, da hatte man ihn entlassen. Über dreißig Jahre hatte er der Firma treu gedient, war niemals Krank gewesen und hatte seine Arbeit stets ordentlich erledigt. Keiner verfügte über so viel Erfahrung wie er. Jetzt war er zu alt, zu unkreativ, es fehlte ihm an neuen, revolutionären Ideen – sagte sein neuer Chef, bevor dieser ihn ohne Skrupel auf die Straße setzte. Friedhelm Gutrecht – Herr Friedhelm Gutrecht - ein junger Schnösel mit gegeltem Haar, so wie es die aufstrebenden Manager heute eben trugen. Abschluss mit Auszeichnung, natürlich an einer Elite-Universität. Forsches Auftreten, spricht drei Sprachen fließend. Eine Dynamik, die von den Vorständen heute gefordert wurden. Viel gesehen, nichts erlebt. Erfahrung zählte heute nicht. Jakobs Generation versprach dem Aufsichtsrat der Firma keinen Mehrwert. Ausgemustert, ab zum alten Eisen, soll selber sehen wo er bleibt.

Es war heiß, der heißeste Tag des Jahres sollte es werden, so sagten es die Morgennachrichten. Jakob musste schwitzen, dabei war es noch nicht mal acht Uhr. Er hätte schon längst die Klimaanlage reparieren lassen sollen - egal. Jakob fuhr wie gewöhnlich auf die Autobahn. Dreißig Minuten etwa, dann würde er sein Ziel erreicht haben, dann würde er seinem Chef - Herrn Friedhelm Gutrecht - dem karrieregeilen Arschkriecher zeigen welche umwerfenden Ideen er aus seiner Tasche zaubern könnte. Dann würden dem Schönling die Argumente ausgehen, wenn dieser in den Lauf seines neuen Colts Python mit den Magnum-Geschossen blicken würde. Doch Jakob kam nicht weit, nach wenigen Kilometern verlangsamte sich die Blechkolonne in Richtung Stadt – ein Stau. Wenig später war sein Ford zum Stillstand gekommen. Jakob wartete und blickte nervös auf die Uhr. Die Zeit verging langsam – eine Minute – zwei Minuten – drei. Seine Finger trommelten Nervös auf dem Lenkrad. Nach fünf Minuten bewegte sich immer noch nichts. Die Autos um ihn herum hatten bereits die Motoren abgestellt. Dann hörte er jemanden rufen: „Vollsperrung! Das kann dauern!" Mist, dachte sich Jakob, ausgerechnet heute.

Die Sonne prallte unerbittlich vom blauen Firmament auf die Metallkarossen der Festgefahrenen. Das Glas der Autoscheiben verstärkte die Brennwirkung und ließ die Hitze im Innern der Fahrzeuge unaufhaltsam steigen. Jakob hatte längst schon das Fenster herunter gekurbelt. Sein Blick schweifte umher und so nahm er die im Schicksal Mitgefangenen um ihn herum wahr. Jakobs Ford stand auf der mittleren von drei Spuren. Links vorn ein LKW, direkt vor ihm ein junges Paar in einem alten VW. Sie hatte ihr langes Haar zu einem Zopf zusammengebunden – genau wie seine Tochter. Rechts daneben ein teurer Mercedes. Die Fenster waren geschlossen, dort funktionierte die Klimaanlage wohl. Der Fahrer, ein Geschäftsmann, telefonierte mit seinem Handy. Rechts neben Jakob stand ein Cabriolet. Der gut aussehende Typ in dem schnellen, roten Flitzer kam genau so wenig vom Platz wie Jakob - wenigstens. Links kam ein Ehepaar zum stehen, etwa in seinem Alter. Sie diskutierten angeregt. Nicht zu überhören, auch sie hatten die Fenster offen.

Die Hitze war drückend, man konnte kaum einen nüchternen Gedanken verfolgen. Der Schweiß ließ das Hemd am Körper kleben. Blutdruck und Puls stiegen. Jakob nagte nervös auf der Unterlippe – seine Finger trommelten nun fester auf dem Lenkrad. Er bemerkte wie das Liebespaar vor ihm heftig zu knutschen begann. Diese Schlampe, und dachte dabei an seine Tochter. Kein Schamgefühl, treibt es mit allen. Er hatte ihr doch alles geboten und so viel Liebe geschenkt! Warum tat sie ihm das nun an? Warum hasste sie ihn? Ständig ein neuer Kerl, den sie mit nach Hause geschleppt hatte. Nun ist sie weg, genau wie ihre Mutter. Dort, vor ihm, das war sicherlich genau so ein Luder. Er hasste sie.

Dann kam der Mercedes wieder in sein Blickfeld. Der noble Herr telefonierte immer noch, muss wohl was ganz wichtiges sein. Seine Sekretärin oder seine Geliebte. Ihn, Jakob Brandmayer, hatte schon lange niemand mehr angerufen. Er hatte hier nicht mal einen Empfang mit seinem alten Handy. Scheiß Erfolgsmenschen.

Jetzt wusste Jakob auch an wen ihn der sportliche Typ rechts erinnerte: Friedhelm Gutrecht – Herr Friedhelm Gutrecht! Wahrscheinlich hatte der sich auch gerade so einen teuren Sportwagen zugelegt, während er, Jakob Brandmayer, der Firma zu teuer wurde.

Da vernahm er wie zu seiner Linken die Diskussion lauter und heftiger wurde. Das Ehepaar zankte sich. Genau wie er und Marlene, bevor sie ihn verlassen hatte. Er konnte es nicht begreifen warum sie ging. Das Geschnatter von der Frau neben ihm wurde immer unerträglicher. In seinem Kopf klingelte es. „Du verdammter Versager!", hörte er sie rufen, dann wurde es still um ihn herum. Leerer Raum, starrer Blick, Jakob hatte den Kontakt zur Außenwelt verloren.

Flimmern über dem heißen Asphalt, aufgeladene Atmosphäre. Wütend schlug Jakob auf das Lenkrad. „Nein!", rief er laut,

„ich bin kein Versager!", und öffnete das Handschuhfach. Dann ging alles sehr schnell. Mit dem Colt in seiner Rechten sprang Jakob urplötzlich aus dem Auto. Der erste Schuss traf die schnatternde Beifahrerin in den Kopf.

Ruhe!

Bevor irgendjemand begriff was geschah, war Jakob schon um seinen Wagen gelaufen und feuerte ein zweites Mal. Das rote Blut des Angebers verteilte sich spritzend über das Cabrio.

Da hast Du ´s!

Nach wenigen Schritten stand er neben dem jungen Mädchen, das sprachlos vor Angst auf seine Waffe stierte. Ein Knall und aus.

Das kommt davon!

Jakob drehte sich um. Er blickte dem Geschäftsmann direkt in die Augen. Jakob zögerte für einen Moment, das Gesicht kam ihm bekannt vor - was soll´s und drückte ab. Glas splitterte, mit einem großen, schwarz roten Loch in der Schläfe schlug der Kopf des Mannes zur Seite.

Diesmal hab ich entschieden!

Aus dem Handy, das auf den Beifahrersitz rutschte hörte er eine Frauenstimme rufen: „Herr Cordes? Herr Cordes!" Jakob drückte noch einmal ab und das Gerät zersprang in tausend Teile.

Schluss jetzt!

Jakob sah sich um. Es ist kühler geworden – und ruhiger. Eine letzte Patrone befand sich noch in der Kammer. Die konnte nur für einen bestimmt sein!

Frau Weiland saß besorgt hinter dem Schreibtisch. Die Leitung zu ihrem Chef wurde plötzlich unterbrochen und ließ sich auch nicht mehr aufbauen – belegt. „Was waren Herr Cordes letzte Anweisungen?", überlegte sie. „Ach ja: Herr Brandmayer einstellen!", erinnerte sie sich. Eine gute Entscheidung empfand sie. Endlich Jemand, der ausreichend Erfahrung auf diesem Gebiet mit brachte. Nicht so wie der Vorgänger, dieser Herr Gutrecht – der Schnösel.

Ende der Pocket-Stories